BICHOS DANÇANTES

UMA AVENTURA PARA CRIANÇAS DE 0 A 100 ANOS

Alex Neoral

BICHOS DANÇANTES

Ilustrações Eleonore Guisnet
Canções Tuim

Cobogó

SUMÁRIO

Diz ele que é para crianças...,
por Lucinha Lins   7

BICHOS DANÇANTES   9

Depoimentos dos atores   85

A curiosidade como princípio do conhecimento   89

Diz ele que é para crianças...

Dizem que os nascidos sob o signo de Câncer são pessoas amorosas, determinadas, fortes, pacientes, empreendedoras, agregadoras e perseverantes, entre outras qualidades. Talvez isso explique um pouco da personalidade de Alex Neoral.

Não é tarefa fácil conduzir e manter uma companhia de dança no Brasil. A Focus Cia de Dança está completando 21 anos. Como se diz, é "maior de idade"! A diferença é que já nasceu grande!

Com seu talento e criatividade, Alex Neoral reuniu durante esses anos bailarinos excepcionais que encantam as mais variadas plateias, colocando o Brasil num lugar de destaque pelo mundo afora. Suas ideias, os temas, a coreografia de cada temporada – e não foram poucas – sempre emocionaram e surpreenderam por sua beleza, inovação e bom gosto.

Agora Neoral se revela escritor de uma história contada e colorida por suas coreografias fora do comum. Ele nos presenteia com mais uma ideia brilhante e inusitada: um trabalho em que seus bailarinos maravilhosos encenam coreograficamente personagens sem dizer uma palavra sequer:

as vozes são feitas por atores fora do palco. Sensacional! Diz ele que é para crianças...

Eu faço a voz de Elisa, a jabuti que, no dia do seu aniversário, convida seus amigos bichos a viverem uma grande aventura no lugar de mais uma vez cantarem "Parabéns pra você", como sempre aconteceu nos cem anos de sua existência.

A direção musical e as canções compostas por Felipe Habib e Paula Raia coroam o espetáculo com perfeição! São oito grandes bailarinos, 14 vozes fazendo seus personagens, figurinos geniais, iluminação e cenário impressionantes, a produção impecável de Tati Garcias, tudo e todos sob a batuta desse meu amigo que tanto admiro e respeito e que me honra com seu convite para participar dessa festa.

Tenho certeza de que os adultos também vão adorar!

Parabéns, Focus Cia de Dança!

Lucinha Lins

BICHOS DANÇANTES

de **Alex Neoral**

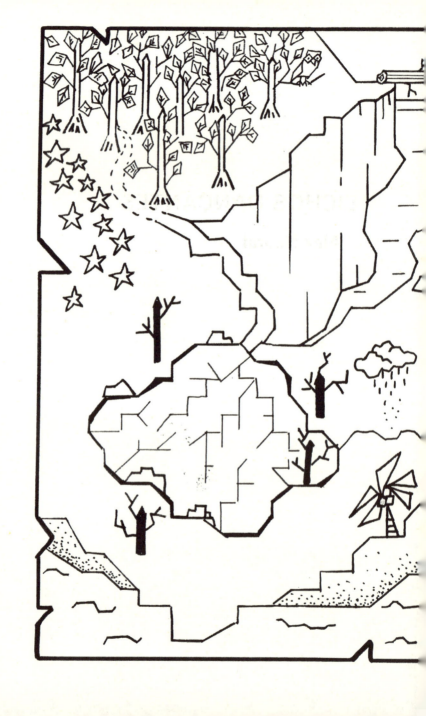

Aqui você escolhe as cores da jornada desses bichos espetaculares e dançantes.

Bichos dançantes estreou com a Focus Cia de Dança em 4 de setembro de 2021, no Teatro Prudential, no Rio de Janeiro.

Direção, concepção, coreografia e texto
Alex Neoral

Direção de produção
Tatiana Garcias

Direção musical e canções originais
Tuim (Felipe Habib e Paula Raia)

Dançado e criado com
Carolina de Sá, Cosme Gregory, Isaias Estevam, José Villaça, Marina Cervo, Monise Marques, Roberta Bussoni e Vitor Hamamoto

Atores (vozes off)
Bianca Byington, Evelyn Castro, Fernanda Abreu, Gabriel Leone, Jefferson Schroeder, José Loreto, Juliana Alves, Lucinha Lins, Mateus Solano, Paula Raia, Pedro Lima, Reynaldo Gianecchini, Tânia Alves e Vilma Melo

Assistente de direção e ensaiadora
Luisa Vilar

Iluminação
Renato Machado

Cenário
Natália Lana

Figurino
Ursula Felix

Design gráfico
Barbara Lana

Ilustrações
Eleonore Guisnet

Supervisão de manipulação de bonecos
Liliane Xavier e Marcio Nascimento

Produção musical
Daniel Wally

Making of e fotos
Dantas Jr.

Making of
Barbara Furtado

Assessoria de imprensa
Daniella Cavalcanti

Patrocinadora do espetáculo
Petrobras

PERSONAGENS

ELISA, a jabuti aniversariante

LAURO, o coelho sabichão

DALTON, o cavalo destemido

SHIRLEY, a bailarina cisne

ESPERANÇA, a inocente esperança

PAIXÃO, o peixe apaixonado

ALBERTO, o cão inquieto

CORDÉLIA, a galinha maternal

TUIM, o passarinho cantante

FELÍCIO, o macaco astuto

JANAIR, a barata carente

VITÓRIA, a água-viva descolada

SUELY, a coruja protetora

VENTO, o poderoso vento

CENA 1 - ELISA

ELISA: Olá, crianças! Como é bom ter vocês aqui! Eu me chamo Elisa. Como perceberam, sou uma jabuti. Hoje é um dia muito especial, é o dia do meu aniversário. E sabe quantos anos eu vou completar? Cem anos! É... Aposto que agora vocês pensaram: como Elisa está velha! [*ri*]. Porém, a cada ano me sinto cada vez mais sábia, pois nesses cem anos pude aprender tantas coisas, ler tantos livros, ver tantos espetáculos, conhecer tantas pessoas... Brincadeira, eu não li nada pois sou uma jabuti e nós não lemos... Mas se eu fosse humana como vocês, não pensaria duas vezes e leria muito muito muito!

Convidei alguns amigos pra minha festa... mas estão atrasados... Olha, mesmo eu sendo lerdinha e devagar, eu, eu nunca chego atrasada... pois faço tudo com calma e antecedência. Por enquanto o salão está às moscas!

Ai!!!! Já estou até imaginando como será essa festa quando todos chegarem...

As luzes se apagam e, em um instante, oito bichos aparecem e dançam para a jabuti aniversariante.

Música de abertura: "Bichos" (instrumental)

CENA 2 - APRESENTAÇÃO DOS CONVIDADOS

ELISA: Ahhhh hummm, está vendo por que que eu adoro os livros e os espetáculos? Num piscar de olhos, ou de luz, todos, todos chegaram ao mesmo tempo!!! Eu não pude convidar todos os bichos que eu conheço... afinal, são cem anos! Foi muito bicho perto de mim. Tá certo que muitos já se foram, até mesmo muito rápido, como tantas amigas borboletas e cigarras, então para que o público não se sinta como um peixe fora d'água, acho que preciso apresentar meus convidados. Espero que vocês gostem deles... Aliás, acredito ser melhor que os convidados mesmos se apresentem. Hein? Quem é que pode começar?

Lauro salta por cima de Esperança.

LAURO: Eu! Lauro! Um coelho que pensa! Um coelho pensante! A atenção é intensa e livros, fora da estante. Gosto de resolver teoremas e deixar tudo certinho. Escapo de jaulas sem problemas pra inventar um caminho. Feliz aniversário, Elisa querida!

Lauro faz uma mágica, transformando uma varinha em uma linda rosa.

ELISA: Ahhh, Lauro, Lauro, sempre sabichão e surpreendente. Muito obrigada por esse lindo presen-

te. Quem se habilita a ser o próximo a se apresentar? Hum, hein? Vamos, está sendo ótimo
recepcionar!

Os bichos disfarçam e se esquivam de sua vez de se apre-
sentarem, mas um deles toma a iniciativa.

DALTON: Eu me chamo Dalton, um cavalo bem sara-
do. Corro pra bem longe e se quiser, não sou a-
chado. Vejo só algumas cores, mas ao som sou
sempre atento. Tenho alergia a flores, e não me
chamem de jumento.

ELISA: Uhuhuhu. Calma, calma, Elisa, calma! Ele é muito grande pra você, você já tem cem anos e ele
é um potrinho bebê.

Dalton se incomoda com o comentário.

DALTON: Não, não! Não sou potro, com licença, eu sou,
sim, um garanhão!

ELISA: Ohhh, me perdoe pela ofensa, você é, sim, um
bonitão!

TODOS: [*alvoroço*] Hihihihi.
Uiiii.
Olha, olha!
Olha ela!

ELISA: Todos são artistas, tanta alegria me anima. Mas
apresento Shirley, a primeira bailarina.

Todos aplaudem.

19

SHIRLEY: Obrigada pelos aplausos, eu sei que sou um evento. Elogios e assobios, ah, eu ouço a todo momento. Sou uma cisne esguia, elegante e talentosa. A dança eu domino tanto, mas às vezes sou nervosa.

ELISA: Respire, amiga Shirley, assim você se estressa. Todos são amigos e a harmonia é o que interessa.

PAIXÃO: Posso ser o próximo?

ELISA: Ótimo!

PAIXÃO: Eu sou um peixe-espada, peixe-palhaço e salmão. Eu sou tão romântico, ahhhh, que me chamam de Paixão. Gosto bem da água, mas me dou bem com o ar, busco uma peixinha por quem possa me "apeixonar".

TODOS: [*alvoroço*] Ahhhhhhh...
Que fofo!
Que bonitinho!
Cute cute.
Bem fofo.

ESPERANÇA: [*chamando atenção pra si*] Oi, oi! Sou a Esperança, verde desde criança. Tenho a fala mansa e perdoar é o que não me cansa. Sou um pouco relapsa e até mesmo distraída. Gosto de encontros e detesto despedida.

Esperança começa a chorar.

TODOS: [*alvoroço*] Calma, calma.
Não chore.
Tem água com açúcar?

ELISA: Minha filha, minha filha, não precisa chorar. Tudo tem um fim, mas acabamos de começar. Esta festa vai rolar até o dia clarear.

Lauro traz uma gaiola com um pássaro assobiando.

TUIM: [*animado*] Fifi Fifi Fifi.

ELISA: Ora ora, um passarinho que só canta, e vê-lo preso na gaiola me sufoca, me espanta. Que cruel viver em grades sem direito a voar. Um mundo sem maldades! Venha logo! Venha já!

Lauro vai embora com o pássaro.

TUIM: [*pensativo*] Fifi Fifi Fifi.

Um outro bicho se aproxima.

ELISA: Olha que sapeca, que pra cima esse cão. Mas com essa língua toda, aposto ser babão. [*ri*] E qual é o seu nome?

ALBERTO: Au... au... au... au-au-au.

ELISA: Que pena! Mais um bicho sem falar! Então acharemos outras maneiras de nos comunicar...

ALBERTO: Au... au... au.

ESPERANÇA: Ele abana o rabo, deve estar feliz pra mim. Como late tanto, acho que fala latim.

LAURO: Eu já descobri! Nem precisa ser um mago! Ele fala, sim, tá difícil pois é gago!

ELISA: Calma, meu querido, tempo não é a questão. Respire por um momento e diga seu nome então!

ALBERTO: Au-au... au... Alberto.

TODOS: [*alvoroço*] Ufaaaa.
Aaah!
É gago...
Ainda bem.

CORDÉLIA: Olá, minha CO COmadre, que feliz te ver tão bem. Mais um ciclo que se abre, mais um ano, que que tem?

Toda vez que a galinha cacareja tão alto, os outros bichos pulam, como num reflexo.

ELISA: Oh, Cordélia, amiga, mãe de tantas aves doces. Ovos, pintos, galos, mais filhinhos teria, se galinha eu fosse.

CORDÉLIA: Chega de tantos filhos. Sei que ser mãe é uma benção, mas quando eles crescem ciscam quando e onde pensam.

PAIXÃO: Ahhh, mas o amor de mãe verdadeiro compensa e nos preenche por inteiro.

Cordélia cochicha com Elisa.

CORDÉLIA: Aqui só nós duas CO COlocamos ovos, certo?

ELISA: Não! Shirley, a cisne, e esse passarinho também...

Esperança ouve.

ESPERANÇA: Eu também coloco ovos, e o coelho Lauro também!

LAURO: [*irritado*] Coelhos não põem ovos!!!!!

ESPERANÇA: Não? Mas e os ovos de Páscoa?

Todos riem.

CORDÉLIA: Ihhh, Lauro ficou uma arara!!!

ESPERANÇA: Arara? Ele não é um coelho?

Todos riem.

CENA 3 - O DESAFIO DE ELISA

Todos ficam em volta de Elisa, como se estivessem sentados à mesa.

ELISA: [*bate palmas*] Atenção! E então, colegas! Agradeço a presença de todos, mas quero fazer deste meu aniversário algo inesquecível...

ESPERANÇA: Vai ter bolo?

ALBERTO: E eu que tô louco pra comer cach-chorro-quente! O-ops...

ELISA: Ai... Já são cem velinhas, e fico mais velhinha a cada velinha soprada, mas todo ano é a mesma coisa, a mesma música...

TUIM: [*canta*] Fi fi fi fiiiiiiii...

ELISA: Viu? Já até prefiro a música dos pássaros a...

TODOS: [*cantam a mesma música sem harmonia alguma*] Parabéns pra você, nesta data querida, muitas felicidades...

PAIXÃO: [*por último*] ... muitos anos de vida...

ELISA: Essa mesma.

LAURO: Eu estou achando inusitada mesmo sua recepção. Em anos anteriores, tudo era bem diferente.

CORDÉLIA: Nós nunca CO COnseguimos falar a mesma língua CO COmo agora.

PAIXÃO: Lembram como era no passado? E como cantávamos cada um em sua língua?

Relembram com latidos, cacarejos, relinchos, piados etc.

ELISA: Viu como cada um falava uma coisa?

CORDÉLIA: CO COm certeza, bem melhor assim.

LAURO: E agora somos bilíngues.

ESPERANÇA: Temos duas línguas?

ALBERTO: Ai, não! Mais u-u-uma?

PAIXÃO: Eu tenho um primo que se chama Linguado.

SHIRLEY: Não é isso!!! É que podemos falar duas línguas: a nossa própria e a que estamos falando agora...

TODOS: Ahhhhhh.

TUIM: [*chateado*] Fifififi.

PAIXÃO: Menos o passarinho.

DALTON: Qual seria o nome dele?

LAURO: Pelos meus estudos, a espécie dele é um pássaro tuim.

PAIXÃO: Tuim: "Tu em mim, tu pra mim…". Que nome poético, ahhh…

CORDÉLIA: Então, perfeito! Vamos chamá-lo de Tuim.

PAIXÃO: Tudo bem por você, Tuim?

TUIM: [*feliz*] Fifififififi.

ELISA: Agora que todos têm nomes e quaaaase todos estão falando a mesma língua, vou contar uma curiosidade: vocês também já são unidos a partir de um mesmo desejo, sabiam?...

TODOS: Sério??? Qual?

ELISA: Todos vocês querem ser felizes!

TODOS: [*alvoroço*] Sim!!!
Ai, meu sonho!!!
Sempre busquei!!!
É verdade!

O grupo caminha com Elisa, e Alberto fica olhando pro outro lado, se coçando, distraído.

ELISA: E eu, com alguma sabedoria que acumulei, vou tentar ajudá-los a encontrar essa felicidade.

TODOS: Legal!

Alberto vê que ficou longe e se junta ao grupo.

ALBERTO: Você é muito maneira!

ELISA: Vou propor um desafio: aqui tem um mapa com charadas que vocês precisam desvendar...

Abrem um mapa cheio de caminhos desconhecidos.

TODOS: [*alvoroço*] Vamos tentar.
Gostei do desafio!
Ai, que difícil.

ELISA: Peço só que levem com vocês meu afilhado Felício, um macaco muito astuto. Ele levará o mapa pra vocês.

Aparece Felício por trás do mapa.

FELÍCIO: E aí, olá! Uh uh. Eu sou péssimo em rimas... Então não vou me apresentar com aquelas poesias, não, ok?

SHIRLEY, CORDÉLIA E ESPERANÇA: Tudo bem, meu bem!

FELÍCIO: Mas... se furar o pneu do carro, aí vocês podem me usar... uh uh.

SHIRLEY: Ai... Já não chega a Esperança?

DALTON: Mais um com essas tiradas?

ESPERANÇA: [*entende com atraso*] Aaaaah... Precisamos mesmo de um macaco pra trocar o pneu! [*ri*]

FELÍCIO: Sacou? [*ri*] Um macaco, pro pneu... [*ri*] Ok, ok, ok, cada macaco no seu galho. Só quis descontrair. Oh, eu sei onde vocês poderão encontrar a felicidade.

TODOS: É? Onde?

FELÍCIO: Eu já vi no mapa, vamos juntos pela floresta.

ELISA: Boa sorte! Vocês me reencontrarão em breve, e espero que até lá tenham encontrado a felicidade. E lembrem-se: a felicidade está mais perto do que vocês imaginam!

TODOS: [*alvoroço*] Tchau, Elisa.
Até já!
Adeus.
Até.
Obrigado.

O grupo segue junto para a floresta, todos curiosos com o desafio proposto.

Música: "Se eu soubesse, eu saberia"

Eu não sei pra onde eu vou
Mas eu sei de onde eu vim
Sempre que me vejo assim
Penso no que percorri

Quanto mais eu ando
Mais eu sei
Eu só sei que nada sei
Se eu soubesse, eu saberia
Qual o fim disso daqui

Se o caminho de achar fica difícil
Fica nervoso, não
Tira o olho do umbigo

Desce de si, encontra o chão
Que o que se é se tem
há de ser visto
O outro mesmo está perdido

Porque de outro não se é
Penso não penso logo existo
Se o coração é seu amigo
Aí sim, amigo,
há de ser

CENA 4 - FLORESTA

Chegam na floresta, mas se sentem perdidos.

LAURO: Onde é o começo?

FELÍCIO: O começo está no início, uh uh.

CORDÉLIA: E... onde é o início?

FELÍCIO: [*olha no mapa*] Ihhh, essa parte não acho aqui no mapa, não.

LAURO: Hum, sabia...

PAIXÃO: Mas você sabe o caminho?

FELÍCIO: Pô, claro que sei!!

TODOS: Mas então como você sabe?

FELÍCIO: [*jocoso*] Tipo... um passarinho me contou. [*ri*]

ESPERANÇA: E você se fazendo de mudo, né, senhor Tuim?

TUIM: [*negando*] Fifififi.

CORDÉLIA: Nãããо! Não foi ele... Ele só canta!

LAURO: [*desconfiado*] Ihhh, estou com uma pulga atrás da orelha.

SHIRLEY: Também estou achando que esse macaco vai fazer a gente pagar mico!

DALTON: Ou vai ficar contando história pra boi dormir... hunf.

PAIXÃO: Calma, calma... Nós vamos descobrir juntos!

CORDÉLIA: E se der algo errado, somos várias cabeças para pensar e resolver.

ESPERANÇA: Ainda bem que a mula não veio, então...

ALBERTO: [*com medo*] Que-que, ah, que mula?

ESPERANÇA: A sem cabeça.

SHIRLEY: Acho que você é mais mula que a mula.

PAIXÃO: Olha o amor! Olha o amor!

FELÍCIO: Achei! Achei aqui no mapa, galera! Vamos começar atravessando essas árvores...

Atravessam as árvores com facilidade, mas encontram uma surpresa ruim e todos ficam apavorados.

TUIM: [*assustado*] Fiiiiiiiiiiiiiiii.

ALBERTO: Um-um-um pre um pre um precipício!

CORDÉLIA: PO PO PO PO PO PO eu juro que, se passarmos dessa, eu PO PO paro de CO COmer minhocaaas.

LAURO: Quem vai primeiro?

FELÍCIO: [*espertalhão*] Eu posso ir em cima de alguém, sem problemas!

TUIM: [*grita*] Fififfi.

SHIRLEY: Calma, Tuim, é claro que alguém vai te levar!

PAIXÃO: [*dramático*] Oh, eu sou tão jovem para morrer... Ah...

DALTON: Vai você então, Esperança...

ESPERANÇA: Eu??? Por quê?!

TODOS: Porque a esperança é a última que morre!

Silêncio.

FELÍCIO: Se ela conseguir, todo mundo consegue, uh uh.

Música: "Se eu soubesse, eu saberia"

Os bichos vão atravessando um a um por cima de um tronco, desafiando a gravidade e seus equilíbrios. Todos têm sucesso nessa travessia e chegam a outro lugar.

CENA 5 - CORES DE DALTON

DALTON: Tá, e agora que conseguimos atravessar esse precipício, qual será a próxima gincana?

LAURO: Bem, chegamos num bananal...

Felício aparece com uma banana na boca.

SHIRLEY: Entenderam por que esse macaco escolheu esse caminho?

ALBERTO: Eu gosto de ba-ba-banana split.

DALTON: Eu não gosto dessas frutas verdes, blééééé.

PAIXÃO: Bananas são amarelas, Dalton!

CORDÉLIA: São verdes quando não estão MAAAduras.

FELÍCIO: E estas estão perfeitas, tão maduras, tão docinhas! Ai, que felicidade, galera!

SHIRLEY: Eu ainda não estou feliz!

PAIXÃO: Mas também podemos ficar felizes com a felicidade dos outros...

LAURO: [*interrompendo*] Mas calma, calma! Agora Dalton me preocupou...

DALTON: Ué, só porque eu não gosto de banana?

LAURO: Não por isso, mas por que será que você enxergou as bananas de outra cor?

DALTON: [*acuado*] Vamos parar com isso, eu não estou gostando disso, não, tá?! Tá tudo bem comigo, eu só não gosto de banana.

PAIXÃO: De que cor eu sou, então?

DALTON: Laranja.

CORDÉLIA: E eu?

DALTON: Cinza.

ESPERANÇA: E eu?

DALTON: Azul.

LAURO: Dalton é daltônico!

CORDÉLIA: Mas o que é ser daltônico?

LAURO: Daltônico é quando não se pode ver todas as cores ou quando vemos cores de formas diferentes.

ALBERTO: Uau! Que irado!

ESPERANÇA: Oh, não! O Dalton está doente?

PAIXÃO: Nããããão! Ele só vê diferente de nós.

CORDÉLIA: Ou será que é a gente que vê diferente dele? POOOO.

SHIRLEY: Também, quem me garante que o verde que eu vejo é igual ao de vocês?

Música: "Cores de Dalton"

Verde verde ver de ver de ver de verde ver de verdade
Enxergar além do que se é
Um ponto é o fim
Ou recomeço

Amar amar amar amar amar
Amar é longevidade
Se caminharmos
De mãos dadas
Sem ponto de chegada
Ainda assim veremos diferente
Avista de um ponto
A vista de um ponto
Há vista

O amor pode ser colorido
O amor pode ser ausência de cor
Azul com amarelo dá verde e flor

Mas cinza com cinza também
Pode ser amor

Ver me ver me ver me ver me ver me
ver-me-lhor ainda
Por dentro tenho coração, o que importa
Por fora a pele é proteção e só

Azul azul azul azum zum zum azul azul-zumbidos
Às vezes falam dentro do ouvido
Alguns eu guardo outros sopro pra sair
Pro ar pra ir pro ar pra ir pro ar

O amor pode ser colorido
Mas pode ser
Ausência de cor
Azul com amarelo dá verde e flor
Mas cinza com cinza também
Pode ser amor

Depois de dançarem e se divertirem ao som da canção, continuam caminhando e veem um terreno todo cheio de lama.

LAURO: E agora? Como vamos atravessar esse lamaçal?

DALTON: Que lama, o quê? Eu enxergo um chão branco, parece uma nuvem de marshmallow!

SHIRLEY: Então você carrega a gente?

CORDÉLIA: Mas ele não vai aguentar todos nós!

ESPERANÇA: Não mesmo, somos uma bicharada inteira!

DALTON: Eu aguento, sim! Eu quero ajudar vocês que estão me ajudando tanto a ver o mundo diferente! Subam todos em mim!

Todos os bichos sobem em cima de Dalton. Há um desequilíbrio, todos caem mas Dalton consegue segurar Shirley no colo. Pinta um clima.

PAIXÃO: Ihhh... Acho que esses dois estão apaixonados, como dois pombinhos.

ESPERANÇA: Pombinhos? Pombos? Onde? Adoro pombos...

CENA 6 - TUDO É UM

Os bichos continuam a caminhada, mas Cordélia percebe que se distraíram.

CORDÉLIA: Não é que o Felício ficOOOu lá nas bananas?

PAIXÃO: [*assustado*] Ah, ele ficou com o mapa!!!

SHIRLEY E ESPERANÇA: Ninguém pegou o mapa dele?

LAURO E PAIXÃO: Não!

SHIRLEY E ESPERANÇA: Ai! Papamos mosca!

ALBERTO: Poxa, agora a gente não sabe... A-a-gora a gente não sabe mais pra onde ir...

Alberto choraminga.

SHIRLEY: Bem feito! Vai acabar explodindo de tanto comer!

PAIXÃO: Como diria Raul, "banana engorda e faz crescer".

ESPERANÇA: E o que você vai ser quando crescer?

PAIXÃO: Eu acho que todos aqui já crescemos, né?

SHIRLEY: [*debochada*] Menos o Tuim. [*ri*]

TUIM: [*incomodado*] Fififfi.

CORDÉLIA: [*também brincando*] Shirley, pare de cutucar a oncinha com vara curta.

Todos riem.

TUIM: [*chateado*] Fifiififfi.

ALBERTO: Mas me respondam. O que... o... que vocês queriam ser... antes de crescer?

DALTON: Eu sempre quis ser grande.

LAURO: Mas existem bichos pequenos também.

SHIRLEY: [*para Dalton*] E tão fortes como você.

CORDÉLIA: Essa questão de tamanho não tá COOOOm nada...

PAIXÃO: É! Vários bichos pequeninos dão medo... Aranhas, marimbondos e as baratas, por exemplo!

DALTON: Eu não tenho medo de um bicho tão pequeno! AHHHHH!!! Uma barata!!!

Dalton vê uma barata no chão, se assusta e salta tão alto que Paixão e Alberto o pegam no ar.

JANAIR: Que que é isso??? Que exagero! Eu só queria um abraço...

CORDÉLIA: [*se assusta também*] POOO, POOOO!

JANAIR: Obrigada pela bela recepção, né... Sou Janair!

SHIRLEY: Desculpe, dona Janair, foi mesmo uma falta de educação da nossa parte.

JANAIR: Dona, não, menininha, me chame apenas de Janair, por favor. Apesar de meus 350 milhões de anos nesta terra, comigo ninguém pode!

PAIXÃO: TREZENTOS E CINQUENTA MILHÕES? Que barato!!!

ESPERANÇA: Não... É "barata"! Que barata!

JANAIR: Eu, por esse tempo todo, fui a faxineira do planeta. Você acredita?

DALTON E LAURO: Importante!

Janair vai andando e o grupo a segue, conversando com a barata.

JANAIR: ... limpava tudo que não servia, todos os restos, deixava tudo organizado...

LAURO: É... Nunca pensei por esse lado...

JANAIR: ... não sei quando tudo começou e começaram a ter nojo de mim...

PAIXÃO: Hum... também sentem nojo do meu cheiro.

JANAIR: ... todos correndo atrás de mim, como se eu fosse uma criminosa, sabe? Me fazendo de gato e sapato... quando eu só fazia o meu serviço!

CORDÉLIA: Ahhhh, sei bem o que é isso, querida! Eu já corri tanto para não virar canja...

ESPERANÇA: "É canja de gali...!"

Paixão interrompe a gafe de Esperança.

JANAIR: Já vi chinelos, sapatos, vassouras, tudo quase em cima de mim, e graças à minha desenvoltura escapei com vida e ainda estou aqui para reclamar desses animais...

ALBERTO: Animal-auuu.

LAURO: [*irônico*] Hum, animal racional...

ALBERTO: Racional-au.

PAIXÃO: Eles são os animais mais importantes do mundo.

SHIRLEY: E não são esses os animais que "pensam"?

JANAIR: Eles que pensam que pensam... Eu sou mais eu! Atravessei séculos e séculos.

CORDÉLIA: Sim, mas eles pensam, resolvem e falam.

PAIXÃO: Já nós, bichos, falamos sem palavras...

TODOS: Somos BICHOS DANÇANTES!

JANAIR: Eu já não sou muito da dança, não... Afinal, são 350 milhões de anos. Eu também não tenho tempo, estou sempre trabalhando... procurando um abraço, só um abracinho.

ESPERANÇA: E muitas vezes parece que eles...

ALBERTO: Eles quem?

TODOS: Os humanos?

ESPERANÇA: Sim, esses aí, sabe, eles parecem que não pensam...

CORDÉLIA: Só pensam neles, isso, sim... PO PO.

DALTON: Eles fazem coisas com a gente, bichos, que não gostariam que fizessem com eles.

JANAIR: Eles, daquele tamanho... querem me esmagar, quando eu só quero um carinho.

LAURO: Colocam a gente em jaulas pequenas.

PAIXÃO: Aquários pequenos.

ALBERTO: Apa-pa-partamentos pequenos.

TUIM: [*lamentando*] Fifífi.

DALTON: Montam na gente, minha lombar não aguenta mais!

LAURO: Matam dois coelhos com uma cajadada só.

JANAIR: E tentam me matar com uma pisada só, mas eu fujo... quando só quero um beijinho, é só um abracinho.

TUIM: [*reclamando*] Fifífifi.

DALTON: E ainda batem no meu bumbum, pra eu ir mais rápido!

CORDÉLIA: Tiram todas as nossas penas e COlocam a gente no forno... COCÓ COCÓ.

ALBERTO: Co-co-colocam coleiras... que prendem a minha respiração.

JANAIR: Jogam sprays que me deixam no maior barato – eu até gosto.

DALTON: Já me colocaram até no circo!

ALBERTO: Ué, mas vo-vo-você não gosta de au-au-aplauso?

DALTON: Sim, sim, aplauso, sim, mas gosto de ser livre... galopando por onde eu quiser.

TUIM: [*preso*] Fifififi.

LAURO: Humanos, bichos, plantas, insetos, astros, terra, fogo, água, ratos, baratas, flores... somos todos iguais!

Música: "Bichos"

Bichos
Muitos tipos
Diferenças
Naturais

Andam
Pela terra
Natureza
Nossa mãe

Nadar, rastejar e voar
Correr, se esconder e caçar
Latir, sibilar e cantar
Diverso é o reino animal

Bichos
Muitos tipos

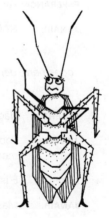

Diferenças
Abissais

Tentam
Pela terra
Natureza
Nossa mãe

Andar, repousar e pular
Zumbir, relinchar e falar
Cocó cocó cacarejar
No fundo, todos animais

Os bichos fazem uma dança linda que homenageia vários movimentos já existentes com nome de bichos, como baratinha, pombo, cavalo, cobrinha, camelo, "snake", "dolphin", peixinho etc.

JANAIR: Mas então parem de ficar assim como baratas tontas e façam alguma coisa. Eu, por exemplo, vejo um futuro iluminado para mim...

ESPERANÇA: Vai se vestir de vaga-lume?

JANAIR: NÃO! Serei uma estrela de rock!

Todos riem, debochados; alguns tentam segurar o riso.

ALBERTO: Não é pra rir dela.

JANAIR: Podem rir, podem rir, pois ainda vão ouvir muito meu nome: "Janair, la cucaracha".

ALBERTO: É isso aí! Au!

JANAIR: Mas para onde vocês estavam indo, afinal?

TODOS: Estamos indo ser felizes.

JANAIR: Olha… Não é que esse também é o meu desejo? Vocês me levariam com vocês?

TODOS: Claro que sim.

SHIRLEY: Mas quem te levaria?

DALTON: Eu te levo! Sobe aí!

JANAIR: Olha, e não é que estou gostando de você…

Continuam a jornada e chegam a um lugar que mexerá com a emoção de um dos dançantes.

CENA 7 - SHIRLEY E O LAGO

Shirley se depara com o local e começa a chorar.

DALTON: O que houve? Está tudo bem com você, gata?

ESPERANÇA: Gata? Mas ela não é um cisne?

TODOS: Xiiiiii…

SHIRLEY: É que este lugar me traz muitas lembranças…

LAURO, CORDÉLIA, PAIXÃO E ESPERANÇA: Boas ou ruins?

SHIRLEY: As duas coisas! Eu passei minha infância e cresci neste lugar.

CORDÉLIA: Aqui? Isto é um lote de terra qualquer, parece mais com a minha casa. Ai, que saudade das minhas minhocas!

JANAIR: Me identifico muito com elas, as minhocas... Elas também são tidas como gosmentas, sabe? Difícil...

SHIRLEY: Aqui era um lago!

TODOS: Ohhhhh.

SHIRLEY: ... e secou...

TODOS: Ahhhh...

SHIRLEY: Aqui eu me tornei uma primeira bailarina.

DALTON: Sim! Com uma elegância única...

Ouvem um barulho que parece um biscoito se quebrando.

ESPERANÇA: Que barulho foi esse?

DALTON: Acho que esmaguei Janair.

PAIXÃO: Sim, você esmagou Janair e ela desapareceu.

CORDÉLIA: EvaPOPOrou!

ESPERANÇA: Sem nem se despedir...

TODOS: [*alvoroço desesperado*] Não, onde ela está? Ela sumiu! Janaiiiiiiir...

Shirley interrompe bruscamente a procura por Janair, trazendo a atenção para si.

SHIRLEY: Vocês conhecem aquele balé *O lago dos cisnes*?

TODOS: [*alvoroço*] Sim. Não.

Claro!
Mais ou menos.
Vi uma vez.
Já ouvi falar...

SHIRLEY: Pois foi por pouco que o balé não se chamou "O lago da Shirley".

CORDÉLIA E ESPERANÇA: E o que aconteceu?

SHIRLEY: Foi uma confusão... O criador ia me escolher, claro, porque sempre fui maravilhosa, mas ele pensou que meu nome era Cisnei...

LAURO: Mas é Shirley. E você não é um "cisnei", o correto é dizer "cisne".

DALTON: [*surpreso*] Ahnnnn? Ela é uma cisne?

ALBERTO: Sim, gente! Ta-ta-tá na cara dela...

PAIXÃO: Ah, eu também fui registrado errado, meu nome deveria ser Peixão, mas eu adorei ser Paixão...

CORDÉLIA: Viu? Às vezes existem erros que acabam virando acertos.

LAURO: Errar e reconhecer que erramos nos ajuda a crescer e melhorar.

ESPERANÇA: Mas errar não é humano?

CORDÉLIA: Mas nós, bichos, também erramos.

SHIRLEY: Enfim, quando ele viu que meu nome era Shirley, preferiu fazer uma dança para todos os outros cisnes... Eu fiquei muito irritada, pois queria que o balé fosse só pra mim!

ALBERTO: Ah, pô, deve ser o bicho ter um balé só pra... pra você!

ESPERANÇA: Mas também é tão legal quando dividimos as coisas...

PAIXÃO: Assim como estamos agora... em grupo, com amigos... Como dizia Vinicius: "Ah... É impossível ser feliz sozinho".

SHIRLEY: Ah, eu sei, agora eu sei, reconheço. Por isso estou aturando andar com vocês em bando, igual a patos...

ALBERTO: E eu? Eu tenho quatro pa-pa-patas.

SHIRLEY: E no final eu fiquei sem meus amigos, meu balé, meu lago, minha casa... Ai, daria tudo para dançar mais uma vez...

Música: "Lago da Shirley"

Sei
Eu sei
Eu sou
Porque cê é também

Sempre que sentir
Que ser sozinha
É mais vida

Vai perceber assim
Que ser sozinha
É estar perdida

Vê que nada é
Se não tiver
Alguém que veja

E que não se é
Se não tiver
Outro que seja
Também

Após a dança solitária de Shirley, todos a abraçam e ela sorri.

CENA 8 - O MAR

PAIXÃO: Hum... Aqui está seco, mas de onde eu vim tem muita água!

TODOS: O mar!

PAIXÃO: Sim!

DALTON: Podemos dar um mergulho?

ALBERTO: Banho?! Não! Não!

Alberto foge.

SHIRLEY: Então podemos repetir a minha cena com a água? Pois para ser primeira bailarina tem que ensaiar muito...

Todos seguem em direção ao mar.

PAIXÃO: Na verdade, lá eu tenho uma amiga que poderá nos ajudar a falar onde está a felicidade... Pode estar faltando pouco para esquentarmos os nossos corações!

ESPERANÇA: Ai, Paixão, você é tão romântico.

PAIXÃO: Eu sou muito emotivo. Sou do signo de Câncer.

ESPERANÇA: Ahhh, pensei que, por ser um peixe, você fosse do signo de Peixes.

Chegam em frente ao mar.

TODOS: Olha! Quanta água!

PAIXÃO: Ah, chegamos! O mar é o meu lar!

CORDÉLIA E SHIRLEY: Ahhh… mar, doce mar.

ESPERANÇA: Doce? Mas o mar não é salgado?

PAIXÃO: Olha quem chegou! Minha amiga Vitória! Vitória!

Vitória chega dançando um funk com Paixão.

CORDÉLIA: [*interrompe a diversão*] Olá, minha filha!

VITÓRIA: Eu não sou sua filha.

ESPERANÇA: Não seja rude, Vitória, seja zen.

VITÓRIA: "Zen" paciência, né? Eu sou o que eu estou a fim de ser…

SHIRLEY: Nossa… Seja irritada, mas pelo menos mais chique.

VITÓRIA: Chique? Chilique é o que eu vou dar daqui a pouco…

LAURO: Vitória, quantos anos você tem?

VITÓRIA: Doze anos. E vou fazer 13 no mês que vem.

LAURO E CORDÉLIA: Sabia! Adolescentes!

VITÓRIA: [*em ritmo de funk*] Não vou, não faço, não quero, não vou. Não vou, não olho, não vejo, não como, não ando, não brinco, não faço aquilo, não sou, não sou. Eu não sou sua filha. Não gosto, não gosto, não quero, não gosto. E eu não sou sua filha.

[*resmunga*] Ai... Eu estou cansada de ter que pedir tudo e esperar me deixarem fazer tudo. Quando eu vou poder fazer o que eu quero?

DALTON: Quando você for grande!

LAURO: Adulta.

CORDÉLIA: ResPOnsável.

SHIRLEY: E parar de queimar as pessoas com suas palavras ríspidas.

VITÓRIA: Eu queimo pois sou uma água-viva.

CORDÉLIA: Mas você está ferindo as pessoas com seu modo de falar.

ESPERANÇA: Precisamos procurar ser doces, amáveis... sempre.

SHIRLEY: Ai, mas muitas vezes também temos nossas raivas, né? E tá tudo bem também.

VITÓRIA: Pô, bicho, desculpa, foi mal. Apesar de achar tudo um saco, eu gosto daqui... Eu não tenho que descontar em vocês. Eu só estou realmente ansiosa para me tornar adulta.

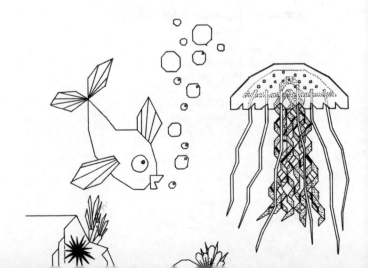

PAIXÃO: Cazuza disse: "O tempo não para". Calma... Já, já você cresce, amiga.

DALTON: Vitória, você sabe para onde temos que ir para sermos felizes?

VITÓRIA: Olha, minha mãe fala que é nos coqueiros. É que nós somos águas-vivas, mas as águas de coco moram em casas verdes e redondas, lá no alto dos coqueiros. Elas devem se sentir muito protegidas... Mas o que é felicidade sem correr riscos?! Ah, é um tédio... Sorry, água de coco!

Ouvem a voz de Alberto ao longe.

ALBERTO: Ei! Pessoal! Eu-eu-eu adoro água de coco!!!

TODOS: Alberto, onde você está?!

ALBERTO: Aqui! Olha! Aqui nos co, nos coqueiros.

Vitória continua cantando seu funk e todos se despedem dela.

TODOS: [*alvoroço*]: Tchau, Vitória.
Se cuida.
Juízo!
Obrigada.
Fique calma.

SHIRLEY: [*incomodada*] Ai, ainda bem que eu vou sair dessa água.

CENA 9 - OUTROS CORPOS

Os bichos saem da água e vão ao encontro de Alberto.

CORDÉLIA: Alberto, por que você fugiu?

ALBERTO: Ah, porque... Ah, porque eu... eu prefiro essa água aquiiiiii.

Alberto está com um coco.

PAIXÃO: Ah... Foi um mergulho delicioso. Me fez lembrar de casa e do meu pai...

DALTON: E como é seu pai?

PAIXÃO: Igualzinho a mim!

LAURO: Filho de peixe...

DALTON: ... peixinho é!

SHIRLEY: Eu também me lembrei de casa. Mas aí chegou aquela água-viva cantando de galo, e eu não tenho sangue de barata...

CORDÉLIA, PAIXÃO, ESPERANÇA E TUIM: Ai, ai, que saudade de Janair...

LAURO: Mas no final a Vitória colocou o rabinho entre as pernas...

CORDÉLIA: Caaalma! Temos que relevar. É comum nessa idade questionarmos nossas identidades. Eu mesma, na idade de Vitória, pensei muuito se valia a pena ser uma galinha. Juro pelos meus pintos.

O coco vai passando de mão em mão, deixando Alberto agitado, correndo atrás do coco.

PAIXÃO: [*indignado*] Ah, não, ah, não. Você aqui é a que tem o amor mais bonito: o amor de mãe. Eu queria ser uma galinha.

CORDÉLIA: POOOO PO PO! [*ri*] As leoas são mães tão mais corajosas... Mas, se eu fosse esCOlher, seria um passarinho igual ao Tuim: pequenininho, magrinho e com essa voz linda! Ah! Mas presa, eu não queria. Então, POPOderia ser Shirley, que é antipática mas ao menos é elegante.

TUIM: [*comenta*] Fifififffififi.

LAURO: Tuim deve estar falando que queria ser grande e imponente como Dalton.

TUIM: [*concorda*] Fifififi.

LAURO: ... e livre, pra correr por aí.

TUIM: [*complementa*] Fiifififi.

LAURO: Eu, se fosse escolher ser um de nós, escolheria o Paixão. Não por ser um peixe, mas por pensar mais com o coração. Eu sou muito metódico, sempre a razão fala mais alto, nunca a emoção.

ESPERANÇA: Aposto que você é do signo de Virgem! Ah... Eu seria todos aqui, eu faria um mix das cores de vocês... Às vezes ser fluorescente demais é muito cansativo, sabe. Tss. Cores fortes enjoam rápido.

ALBERTO: Ah, pô, que isso!? Você, verde assim, só po-pode dar sorte. Sempre calma... Oh, e e-eu? Eu que sou agi-agitado! Eu queria ser uma esperança...

SHIRLEY: Bem, fazendo as contas aqui... Só me restou ser o Alberto, né? Mas que fique claro aqui que eu nunca deixaria de querer ser eu mesma.

LAURO: Mas nunca trocaremos de corpos. Nem com uma mágica... Isso é impossível de acontecer!

Lauro faz o coco se transformar em flores.

Som de trovão. As luzes se apagam.

LAURO: O que aconteceu?

DALTON: Eu não estou enxergando direito.

CORDÉLIA: POOOOO, isso não é privilégio seu, está um breu.

TUIM: [*estranha*] Fifififfi.

ALBERTO: Estou estranho!

PAIXÃO: Estou sentindo patas no chão?

ESPERANÇA: Estou me sentindo meio presa.

SHIRLEY: Estou babando?

LAURO: O que aconteceu?

TODOS: Nós trocamos de corpos!!!

As luzes voltam. Todos gritam, apavorados.

Música: "Troca-troca"

Tuim, no corpo Esperança
Dalton, no corpo Tuim

Cordélia no corpo de Shirley
Shirley no corpo de Alberto
Corpos, corpos diferentes
Diferentes são

Cordélia, no corpo Paixão
Alberto, no corpo Esperança
Dalton no corpo de Lauro
Lauro no corpo, Paixão
Corpos diferentes são

Mais diferentes tão
Bicho que não é bicho
Não é
Não é
Bicho que não é bicho
Não é

Os bichos todos aparecem em corpos trocados!

LAURO NO CORPO DE PAIXÃO: Calma, calma! Eu também estou assustado! Mas agora estou sentindo um amor no peito que nunca senti... Hum, mas esse cheirinho de peixe...

SHIRLEY NO CORPO DE ALBERTO: Ai, que nojo... essa língua pendurada... E, olhem! Eu não paro de ficar animada! Parem esse rabo!

ESPERANÇA NO CORPO DE TUIM: É... Também não sei se eu gosto assim, não. Acho que eu prefiro não ter tantas penas. Eu tô sentindo pena de mim...

CORDÉLIA NO CORPO DE SHIRLEY: E eu agora estou parecendo aqueles CO COqueiros... Gostava mais de mim antes: mais comPActa.

ALBERTO NO CORPO DA ESPERANÇA: Ca-cadê minha língua? Ca-cadê meu rabinho?

PAIXÃO NO CORPO DE CORDÉLIA: Antes eu botava ovas, agora eu vou botar ovos?

DALTON NO CORPO DE LAURO: E eu agora sou uma bola de pelos. Cadê minha crina linda? Mas com esses óculos consigo ver o mundo diferente...

PAIXÃO NO CORPO DE CORDÉLIA: Todos nós estamos sentindo o mundo diferente...

DALTON NO CORPO DE LAURO: Mas Shirley é mesmo um cisne?

SHIRLEY NO CORPO DE ALBERTO: Claro que sou! Você achava que eu era o quê? Uma ovelha?

DALTON NO CORPO DE LAURO: Eu via você como uma linda égua.

Todos riem.

LAURO NO CORPO DE PAIXÃO: Ham... Dalton, além de ser daltônico, deve sofrer também de miopia, como eu... Por isso que eu uso óculos. Quer dizer, usava.

ESPERANÇA NO CORPO DE TUIM: Me tirem daqui! Eu não quero ficar presa!

CORDÉLIA NO CORPO DE SHIRLEY: Me tirem daqui! Não quero ficar presa neste corpo POOOOOO...

TODOS: E o Tuim?

TUIM NO CORPO DE DALTON: [*satisfeito*] Fifi Fifi Fifi.

Tuim, que está no corpo de Dalton, sai se deslocando alegre.

ESPERANÇA NO CORPO DE TUIM: Bem... Assim, no corpo de Dalton, ele pelo menos está podendo experimentar a liberdade.

CENA 10 - NOITE

A noite cai.

DALTON NO CORPO DE LAURO: Ai... Está ficando escuro... Mesmo com esses óculos, está difícil enxergar...

ESPERANÇA NO CORPO DE TUIM: Se eu posso enxergar algo bom em estar aqui dentro, é que estou me sentindo Cleópatra carregada pelos meus servos.

PAIXÃO NO CORPO DE CORDÉLIA: Ai... Que amor! E eu já estou cansado. Nunca pensei que andar cansasse tanto.

SHIRLEY NO CORPO DE ALBERTO: E a minha bunda também está cansada de tanto abanar esse rabo.

ALBERTO NO CORPO DE ESPERANÇA: É, tá osso ficar assim! E olha que eu adoro osso...

TUIM NO CORPO DE DALTON: [*feliz*] Fifififiifi.

PAIXÃO NO CORPO DE CORDÉLIA: Acho melhor pararmos e descansarmos para esperar o dia voltar.

ESPERANÇA NO CORPO DE TUIM: Mas eu tenho muito medo do escuro...

TODOS: [*alvoroço*] Eu também.
Eu também.
Eu também.
Você também?
Que coincidência.

ALBERTO NO CORPO DE ESPERANÇA: Gente! Todo mundo aqui tem medo do escuro?!

LAURO NO CORPO DE PAIXÃO: Acalmem-se. Estamos juntos. Juntos somos mais fortes. De que poderíamos ter medo?

DALTON NO CORPO DE LAURO: Eu vi, eu vi! O que são aqueles olhos?!

SHIRLEY NO CORPO DE ALBERTO: Você nem conseguiu me enxergar cisne e fica falando isso?

ALBERTO NO CORPO DE ESPERANÇA: [*apavorado*] I-i-isso mesmo! A gente não pode confiar no Da no-no-no Dalton.

Alberto, que está no corpo de Esperança, fica confuso, sem saber se olha para o corpo de Dalton, onde está Tuim, ou para o Dalton que está no corpo de Lauro.

PAIXÃO NO CORPO DE CORDÉLIA: Vamos sair daqui que o bicho vai pegar!

ESPERANÇA NO CORPO DE TUIM: Qual de nós?! Ai, e eu não posso nem fugir...

TODOS: Não é isso!!!

CORDÉLIA NO CORPO DE SHIRLEY: Mas eu vi também!

TUIM NO CORPO DE DALTON: [*curioso*] Fifififififi.

Aparece uma voz.

SUELY: Boa noite...

TODOS: Quem é você?

SUELY: Sou Suely, a coruja guardiã da noite.

CORDÉLIA NO CORPO DE SHIRLEY: Mas você protege de quê?

SUELY: Do medo.

TODOS: Medo de quê?

ALBERTO NO CORPO DE ESPERANÇA: É, de-de-de quê?

SUELY: Do escuro.

CORDÉLIA NO CORPO DE SHIRLEY: Então vamos nos sentir protegidos...

DALTON NO CORPO DE LAURO: Ai, que bom!

ALBERTO NO CORPO DE ESPERANÇA: Ai, que bom-bom.

ESPERANÇA NO CORPO DE TUIM: Bombom? Adoro bombom. Me dá um?

SUELY: Eu sei, eu sei... a noite é misteriosa. Ela causa encanto, mas também desconfiança.

DALTON NO CORPO DE LAURO E LAURO NO CORPO DE PAIXÃO: Principalmente quando fica muuuito escuro.

SUELY: Sim, mas vou dar duas dicas pra vocês.

TODOS: Quais?

SUELY: Quando se sentirem sozinhos e com medo do escuro, lembrem-se da tia Suely aqui! Eu estarei observando vocês e levando tranquilidade para vocês terem sempre uma linda noite de sono.

ALBERTO NO CORPO DE ESPERANÇA: Tá, e-e-e a outra dica?

SUELY: Ahhh, para a outra dica terei a ajuda de algumas amiguinhas.

TODOS: Quais?

SUELY: As estrelas!!!

As estrelas aparecem ao mesmo tempo no céu, como se a coruja as tivesse ligado na tomada.

TODOS: [*alvoroço*] Ohhhhh!
Que lindo!
Meu Deus!
Uau...

SUELY: Agora deitem... e olhem as estrelas... e adormeçam. Agora poderão até contar carneirinhos, de tanta paz.

TODOS: Vamos ficar juntinhos!

PAIXÃO NO CORPO DE CORDÉLIA: Assim a noite passa mais rápido.

SUELY: Esperem amanhecer e sigam o caminho iluminado por outra estrela, o astro-rei: o sol. Aaah, e se quiserem fazer um pedido que todos queiram ao mesmo tempo, podem fazer para as minhas amigas estrelas... De repente elas podem ajudar!

ESPERANÇA NO CORPO DE TUIM: Ai... Adoraria sair de dentro dessa gaiola...

As estrelas escorrem lentamente do céu.

ALBERTO NO CORPO DE ESPERANÇA: Uau!!!

TODOS: São vaga-lumes!

LAURO: É, são vaga-lumes!

CENA 11 - BRINCAR DE SONHAR

Um galo canta.

LAURO: Bom dia!!!

TODOS: Bom dia!!!!

Shirley grita assustada.

TODOS: O que houve?

SHIRLEY: Voltei para o meu corpo! [*ri*] Ai, que felicidade!

CORDÉLIA: Ai, ufa! Eu também...

SHIRLEY E CORDÉLIA: Como sou linda!

ALBERTO: Alto astral-auuuuu.

DALTON: Agora voltei a enxergar como eu via: que potranca linda!

LAURO: Mas quer saber de uma coisa? Fica com os meus óculos! Eles vão te ajudar.

ESPERANÇA: Aaaaaaai, liberdade!

PAIXÃO: Psiii, silêncio... Tuim ainda dorme...

O grupo se aproxima de Tuim e o vê dormindo.

CORDÉLIA: Ahh, que paz ele traz.

PAIXÃO: Ah... Deve estar sonhando...

ESPERANÇA: Vamos brincar de sonhar?

LAURO: Não é possível sonhar acordado.

ESPERANÇA: É, sim... Vou explicar pra vocês. Eu queria convidar todo mundo aqui nesta floresta pra brincar com a gente.

Os sete se direcionam para o público, convidando-o a brincar, e Tuim continua dormindo.

CORDÉLIA: Será que eles querem brincar?

TODOS: Vocês querem brincar com a gente?

ESPERANÇA: Então vamos lá! Fechem os olhos e vamos imaginar juntos: tá vindo bem feliz um cachorro...

ALBERTO: Eeeeeu?

ESPERANÇA: Não, não, Alberto... Um cachorro azul... comendo um osso verde-claro e encontrando uma girafa prateada comendo galhos cor-de-rosa numa grama vermelha cheia de formiguinhas amarelas carregando nas costas folhas laranja...

DALTON: Nossa! Você descreveu exatamente como eu vejo!

Todos riem.

PAIXÃO: Deixa eu brincar também?

TODOS: Sim.

PAIXÃO: Imaginemos um barco pink, deslizando em águas azuis e verdes, cores misturadas, e de dentro dessa água infinita aparece uma baleia linda, cheia de bolinhas, e ela abre a boca e vemos uma cidade toda iluminada com prédios e luzes coloridas, carros, e dentro de um dos carros tem um grupo de pessoas felizes.

Silêncio.

SHIRLEY: E aí?

PAIXÃO: E aí que acabou... As pessoas estavam felizes. Elas conseguiram o que estamos procurando...

ESPERANÇA: Mas e depois que formos felizes? O que acontece?

LAURO: Mais um mistério a ser desvendado... Acho que nem os adultos sabem essa resposta...

DALTON E CORDÉLIA: Verdade.

ESPERANÇA: Mas vocês viram que com o pensamento e a imaginação nós podemos ir a qualquer lugar?

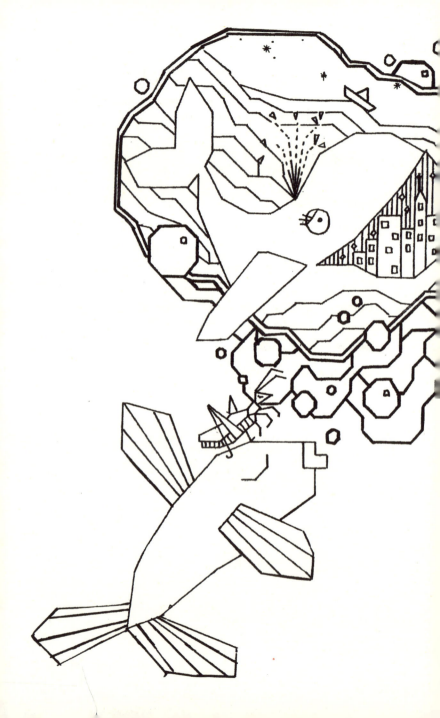

CENA 12 - O VOO

TUIM: [*despertando*] Fififi.

ALBERTO: Gente, o Tuim acordou.

TODOS: Tuim acordou!

Eles se aproximam do pequeno pássaro.

PAIXÃO: E você, Tuim? Deve ser difícil ficar enjaulado, né?

ESPERANÇA: Olha... Eu pude sentir o que é isso.

TUIM: [*concorda*] Fififi.

SHIRLEY: Mas é tão linda essa gaiola toda de ouro...

ALBERTO: Mas, me diz: vale a pena ficar pre-preso?

LAURO: Mesmo sendo uma gaiola de ouro?

TUIM: [*explica*] Fifififi.

ESPERANÇA: É verdade.

TUIM: [*prossegue*] Fifififi.

ESPERANÇA: Claro.

TODOS: Você entendeu o que o Tuim falou?

ESPERANÇA: Ai, óbvio!

TODOS: E o que ele falou?

ESPERANÇA: Fifififi.

TODOS: [*alvoroço*] Aiiii.
Mais uma!
Nossa.

DALTON: Por que então não ajudamos a realizar o sonho de voar de Tuim?

TODOS: [*alvoroço*] Sim!
Vamos!
Legal!
Uau!

CORDÉLIA: Mas COmo?

Silêncio.

LAURO: Eu sei como ele pode sair...

As luzes se apagam e, quando voltam a acender, a gaiola de Tuim está na mão de Cordélia.

CORDÉLIA: CO COmo você CO COnseguiu isso, Lauro?

LAURO: Mais um mistério do coelho pensante!

SHIRLEY: [*desafiando*] Agora quero ver o Tuim voar!

TODOS: [*alvoroço*] Isso, voa!
Voooooooa!
Vai fundo!

Tuim tenta um pequeno voo e cai no chão. Faz várias tentativas, sem sucesso.

CORDÉLIA: Vamos, Tuim, com essas asas voar não PO POde ser um bicho de sete cabeças!

LAURO: Ele não aprendeu a voar...

PAIXÃO: Ah... Nasceu já dentro da gaiola...

ESPERANÇA: Seu mundo sempre foi aqui dentro.

DALTON: E o que ele podia ver fora.

ALBERTO: Então vamos fazer ele voar!

TODOS: Como?

DALTON: Assim...

Dalton, Alberto, Paixão e Lauro vão simulando com Tuim inúmeros voos, rasantes, curvas, proporcionando ao amigo a sensação de voar.

Música: "Deixa ir"

Existência tanta
Eu distante canto
Pra cidade dormir
Meio que anuncio
Um silêncio
Feito pra se ouvir
Construções mutantes
Vias de mão dupla
Nesse instante
Tua voz me alcança
Como um grilo preso
Pronto pra sair

Deixa, deixa ir
Deixa, deixa ir

Certo tão incerto
Meio que caminho
Devaneio longe

Busco em mim pedaços
Certo de que cabe
Mais que um
Deve haver espaço
Nesse mundo torto
Pra sorrir
Tiro essas telhas
Tetos, sobrancelhas
Pra ser menos um

Deixa
Deixa ir

A brincadeira vai se encaminhando para o fim e eles percebem que Tuim precisa voltar para a gaiola, pois não conseguiria mesmo voar sozinho. Mas ele está radiante, pois realizou um grande sonho.

CENA 13 - UMA AJUDA

Uma voz faz todos os bichos se movimentarem ao mesmo tempo e serem jogados ao chão.

VENTO: Olá, vvvvocês querem ir pra onde?

LAURO E DALTON: Quem é?

SHIRLEY E CORDÉLIA: É! Que voz é essa?

VENTO: Sou eu, o Vvvvvento.

São jogados para outro lado.

DALTON: Ué, mas eu não consigo te ver.

VENTO: Sim! Vvvvvocês não podem me vvvver, mas podem me sentir.

PAIXÃO: Assim como o amor, certo?

VENTO: Vvvvvverdade! Assim como o amor, que não vvvvemos mas podemos sentir.

PAIXÃO: Ah… Eu sinto o amor tão presente em meu coração que quase consigo vê-lo.

SHIRLEY: Não fale bobagem! Ninguém vê o amor. E nem esse vento!

DALTON: [*olhando apaixonado para Shirley*] Eu consigo enxergar o amor…

SHIRLEY: Ai… Onde fui amarrar o meu bode?

VENTO: Bem, vvvocês não precisam realmente me enxergar, pois quando eu chegar vvvvocês vvvvão me sentir, eu, um vvvvvventinho gostoso no corpo.

A cada palavra do Vento, o grupo é levado para um canto diferente.

CORDÉLIA: Ai… Eu adoro sentir o senhor quando eu voo…

SHIRLEY: Ou tenta voar, né, querida? [*ri*]

TODOS: A gente consegue pegar você, senhor Vento?

Começam a fechar as mãos como se estivessem tentando guardar o ar dentro delas.

VENTO: [*ri*] Parem, parem, parem! Vvvvvocês estão me divvvvidindo em vvvvvvários pedacinhos.

ESPERANÇA: Nossa, senhor Vento, o senhor é muito grande!

DALTON: Além de grande, o cabra é forte!

ALBERTO: E-e-e quando tem uma-a-a ve-ventania?

VENTO: Ahhh, Vvvventania é minha mãe, casada com o Ar, meu pai.

CORDÉLIA: Então sua família também é grande?

VENTO: Sim! Tenho meu tio Tornado, meu avvvvvô Furacão...

CORDÉLIA: Aaai! Adoro todos!

VENTO: Minha avvvvvó Frente Fria, meu primo Orvalho e minha Briiisa avvvó.

Eu, o Vvvvvvento, não vvvvivvvvo sem movvvvvimento. Ah! Vvvvocês querem que eu indique a direção para onde ir?

TODOS: Simmmmm!

VENTO: Com muito prazer. [*assopra*]

ESPERANÇA: Aaaaaaaahhh! Crrrrr...

O Vento sopra tão forte que Esperança é jogada longe, longe, longe.

VENTO: Perdão, amigos! Direção errada! Vvvvvvvvão para o outro lado!

TODOS: [*alvoroço*] Até mais senhor Vento! Obrigado, senhor Vento! Que gostoso. Aiiii.

CENA 14 - O SUMIÇO

Continuando a longa caminhada, os bichos relembram.

LAURO: Nossa... Nunca imaginei conhecer alguém tão famoso como o VENTO!

PAIXÃO: E como ele é gente boa!

SHIRLEY: Ele não é gente...

LAURO: Mas é gentil!

PAIXÃO: Fiquei chocado!

DALTON: [*brincando*] Foi você, Cordélia, que chocou o Paixão? [*ri*]. Ele é seu filho?

CORDÉLIA: Não, Esperança... Você, sempre entendendo tudo err...

Silêncio.

ALBERTO: Ihhh. deu zebra!

Direcionam para a plateia.

LAURO: Onde está a Esperança?

ALBERTO: Ela ela se perdeu!

TUIM: [*aflito*] Fifififi.

LAURO: Onde está a Esperança, onde? onde? onde?, onde está a Esperança?

DALTON: Será que ela se revoltou e picou a mula?

LAURO: Onde está a Esperança?!

DALTON: Nós não vamos mais achá-la!

TUIM: [*mais desesperado*] Fifififi.

TODOS: [*alvoroço*] Onde está a Esperança?
Aonde ela foi?
Coitada.

CORDÉLIA: NÓÓÓs não PO POdemos perder a esperança!

Silêncio.

PAIXÃO: Tadinha da Esperança... Ela era tão magra que parecia só ter alma.

LAURO: Já sei! Vocês lembram que o Vento soprou a gente?

TODOS: Simmm!

ALBERTO: Eu lembro.

LAURO: E lembram que ele soprou errado e mudou para o lado inverso?

TODOS: Simmm!

ALBERTO: Eu lembro.

LAURO: Então... A Esperança foi levada por ele!

CORDÉLIA: A Esperança é tão distraída que ela esqueceu que até PO POdia voar...

TUIM: [*triste*] Fifififi.

SHIRLEY: Viu, Tuim? Quem sabe não é a Esperança quem pode te ensinar a voar?

CORDÉLIA: Será que a Esperança está em alguém aqui?

Olham para a plateia.

PAIXÃO: Eu acho que em todos!

LAURO: Mas não a nossa...

TODOS: Precisamos reencontrá-la!

ELISA: [*voz ao fundo*] Como você estava quando tudo começou?
Onde você estava antes de chegar aqui?
Quem você era antes de se encontrar?

CENA 15 - PAIXÃO

Os bichos estão em pequenos grupos pensando sobre a Esperança.

CORDÉLIA: Sem Esperança, CO COmo CO COnseguiremos CO COntinuar?

LAURO: Mas ela está perto, eu posso sentir.

TUIM: [*esperançoso*] Fifififi.

CORDÉLIA: Mas ficamos inCOmpletos sem Esperança.

PAIXÃO: Ah... Eu sinto uma paz no meu coração quando tenho Esperança por perto.

ALBERTO: É... Eu pude sentir na pe-pele a Esperança.

PAIXÃO: Ela vai conseguir se defender sozinha? A Esperança não vai perder a esperança?

SHIRLEY: Depois de mim, até que a Esperança era interessante.

DALTON: Agora são duas tristezas...

SHIRLEY: Como assim, tristeza? Assim estaremos mais longe da felicidade.

DALTON: Sim.

SHIRLEY: Além da Esperança, qual é o problema?

DALTON: O problema é eu não poder ser apaixonado por você.

SHIRLEY: Dalton, mas você é um cavalo...

DALTON: Mas mesmo agora, te enxergando cisne, meu sentimento só aumentou por você.

SHIRLEY: Mas a paixão não tem nada de errado.

DALTON: Não?

SHIRLEY: Não! Você pode se apaixonar pelo sol que nasce, pelos campos onde você corre, pelos amigos que conquista... A vida com paixão vale muito mais a pena.

DALTON: Shirley, dança comigo?

Shirley e Dalton dançam.

Música: "Paixão"

Paixão é um grito
Paixão é silêncio
Paixão é café
Paixão é doçura
A paixão é móvel
E é cabeceira
Paixão é afeto
Também é feiura
A paixão é isso
Paixão é aquilo
Paixão é avesso
Paixão é inverso
Paixão é travessa
E é travesseiro
É fruta madura
Tronco de madeira

Desprevenida ela vem
Derramando coisa
Secando coisa também
Desarrumando a casa
Organizando também

Qual é a cara que tem?
O cheiro que tem?
Qual é o gosto que tem?
Qual é o toque que tem?
As cores que tem?
Quais são as notas que tem?

CENA 16 - FELICIDADE

CORDÉLIA: Que lugar lindo...

SHIRLEY: O sol está se pondo!

DALTON: Já caminhamos e procuramos tanto...

LAURO: E não encontramos a felicidade.

ALBERTO: E ainda perdemos a Esperança.

TUIM: [*desolado*] Fifififi.

O grupo se junta e começa a chorar. Eles ouvem uma voz ao fundo e alguém chega lentamente.

ELISA: Sabia que iriam se atrasar! Os quitutes da minha festa já estão esfriando!

TODOS: Elisaaaa!!!

CORDÉLIA: Elisa, comadre, tudo foi um fracasso! Nós PRO PROcuramos PRO PROcuramos e não achamos a felicidade!

TODOS: Será que vamos ser felizes algum dia?

ELISA: Bem, vocês lembram a euforia com que estavam no início da minha festa?

CORDÉLIA: Sim! Sempre bom fazer reuniões CO COm os amigos.

LAURO: Dançamos muito juntos.

ALBERTO: E co-cô... [*ri*] e co-comemos muito.

ELISA: Lembram os desafios que apareceram nesta jornada e como vocês conseguiram atravessar todos?

SHIRLEY: Foi por um fio atravessar aquele tronco. Mas e o alívio quando conseguimos?

DALTON: Eu me senti tão bem em ajudar, podendo atravessar com todos em cima de mim naquele lamaçal...

ELISA: E a água?

CORDÉLIA: Qual delas?

PAIXÃO: A água do mar?

ALBERTO: A água de co-coco?

SHIRLEY: Ou a água-viva?

ELISA: Todas. Sei que todos encontraram prazer em todas as águas.

PAIXÃO: Ah... Foi tão bom mergulhar e rever minha amiga Vitória.

SHIRLEY: Relembrar e dançar o meu lago.

ELISA: E quando vocês voltaram para seus próprios corpos, hein? Não foi bom perceber que gostamos de ser nós mesmos?

TODOS: Sim!!!

ALBERTO: Que-que que ela perguntou?

ELISA: E como foi ver que era possível superar o medo?

CORDÉLIA: A CO COruja Suely!

PAIXÃO: Ah, as estrelas...

ALBERTO: E os vaga-lu-u-u-me-e-es...

ELISA: E como foi sonhar, sonhar acordado e até mesmo realizar o sonho de alguém? Como se sentiram com tudo isso?

TODOS: Felizes!

ELISA: Viram? Então... vocês já haviam encontrado a felicidade e ainda estavam procurando. Eu falei que a felicidade estava mais perto do que imaginavam...

TODOS: Verdade!

LAURO: Suspeitei.

ELISA: A felicidade está perto, em momentos simples como acordar, ir pra escola, ganhar um presente na noite de Natal...

PAIXÃO: ... e dar um presente também...

SHIRLEY: ... ouvir uma música que nos faça sorrir e dançar...

LAURO: ... cuidar de uma flor e vê-la crescer...

CORDÉLIA: ... dormir com um beijo da mamãe...

PAIXÃO: ... e acordar com uma brincadeira do papai...

DALTON: ... e eu que não tenho papai nem mamãe, mas posso receber um carinho de um amigo.

ELISA: Claro... Falando em amigo: e o Vento?

ALBERTO: Ah, a gente adorou conhecer ele, mas-mas-mas perdemos a Esperança...

ELISA: Hmmm... Perderam mesmo?

TODOS: [*tristes*] Sim...

LAURO: O Vento quis ajudar a gente, mas como a Esperança era tão leve, ele a levou.

PAIXÃO: Enfim... Tivemos um dia de cão...

Vem uma voz de longe.

ESPERANÇA: De cão, não... De galinha, de coelho, cavalo, cisne, pássaro, peixe e esperança... Ai, até que enfim... Chegamos!

Aparecem Esperança e Felício.

TODOS: Esperança!!!

Jogam Esperança pra cima, festejando.

ESPERANÇA: Vocês não vão acreditar, eu fui conduzida pelo senhor Vento e durante o caminho eu falava pra ele: senhor, desculpe, eu sei que eu não sou lá tão inteligente... mas o senhor está equivocado...

CORDÉLIA: Ele ficou nervoso?

ESPERANÇA: Eu não sei, eu não sei se ficou... Só sei que, durante a carona, eu, eu lembrei, eu de repente lembrei que podia voar...

TUIM: [*surpreso*] Fififi.

ESPERANÇA: Eu me lembrei até de você, Tuim... Daí eu voei tanto, mas tanto, mas tanto, mas tanto, que lá de cima avistei Felício...

ELISA: [*surpresa*] Felício... Você os abandonou e não conduziu os convidados?

FELÍCIO: Ué, não era para encontrar a felicidade? Quando eu vi aquele tanto de banana docinha, madura,

que engorda e faz crescer, eu encontrei a minha!
Eu pensei: pô, sou feliz, sou Felício! Uh uh.

ESPERANÇA: Mas aí eu desci do céu, pousei no Felício e falei:
chega de comer! Olhe no mapa e me leve até
Elisa. Eu já sabia que vocês iam conseguir.

TODOS: [*alvoroço*] Sim.
Verdade, sim.
Mas que susto!

ESPERANÇA: Vocês não iriam se livrar de mim... A Esperança
tá sempre dentro de vocês.

ELISA: Então, já que estamos próximos de um final feliz... vamos dar início à festa!

TODOS: [*alvoroço*] Viva!!
Uhu!!!

ELISA: Mas antes, vamos ter um show de uma artista
muito especial, uma revelação, impactante, arre-
piante, milenar, com vocês: Janair, La Cucaracha!

Dalton desmaia.

TODOS: Janair está viva!

ALBERTO: Janair??? Eu jurava que era Janaína...

JANAIR: Vocês acham que eu sobrevivi 350 milhões anos
à toa para ser morta por uma bunda de um cavalo míope?

Ouve-se o barulho de biscoito quebrado de novo.

ESPERANÇA: Ai! Esmagaram a Janair novamente?

JANAIR: Não, sou eu que me estalo, mesmo, esse foi meu quadril. [*de novo o barulho*] Oh, meu pescoço. Mas vamos parar de pensar na morte da bezerra, pois o mundo precisa me ouvir... Solta o som que eu quero cantar!

Os bichos dançam com vassouras nas mãos.

Música: "Bichos racionais"

Sacos plásticos
Garrafas de vidro e cacos
Parmalat rótulo coca-cola elegê

Restos de bichos racionais
Restos de bichos, aliás
Não sou eu, mas será que é vo...

Será... Lixos, cochichos
Sujeira nas ruas cheias
Vazias vazias lixeiras
Restos de bichos racionais
Restos de bichos, aliás
Não sou eu, não
Mas será que é vo...

Os bichos, aliás
São mesmo irracionais
Os bichos racionais
São mesmo é irreais

Para de pisar na minha cabeça
Na minha cara, na minha casca
Vassourada no juízo

Clima de fim de festa.

ELISA: E, como toda festa, ela tem um fim! Até passar um ano inteiro, 365 dias, para repetirmos essa farra. Sei que até a minha próxima festa muita coisa vai ter acontecido.

Lauro fez mestrado em agronomia e escreveu um livro. Conheceu o coelhinho da Páscoa, ficaram sócios e criaram o ovo de chocolate com cenoura. Foi um sucesso! Ninguém sabe como ele consegue escapar das jaulas onde, vira e mexe, alguém consegue prendê-lo; será sempre um mistério.

Cordélia não parou a produção de pintinhos. Acho que ela veio mesmo ao mundo pra ser mãe. Continua religiosa, jurando por tudo e por todos. Fez de seu poleiro um templo onde recebe suas amigas D'Angola e Caipira para rezarem pela saúde de seus filhos. Mãe é feliz, mas sofre...

Paixão virou poeta e compositor. Após essa aventura em busca da felicidade com os outros bichos, criou os hits "Pro dia nascer feliz", "Oh happy day" e a música de Natal "Noite feliz". Foi acusado de plágio e ficou muito magoado. Ele não teve a intenção... Então voltou para o mar e faz serestas para conchas e ostras.

Alberto está fazendo fonoaudiologia e já está gaguejando bem menos. Virou vegetariano. Voltou para uma antiga namorada poodle e abriu um quiosque à beira da praia, vendendo cocos. Ele leva um certo prejuízo, pois não resiste às águas de co-co-co-co...

Shirley e Dalton resolveram tentar se ca-sar... Pra isso, Dalton abriu mão dos óculos e continuou a enxergar o mundo com suas próprias cores e sua cisne como uma linda égua. Shirley faz aulas de ballet clássico pra manter a forma e, quando sente saudade dos palcos, pede para Dalton fazer uns *lifts* com ela.

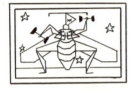
Esperança está namorando o Grilo. Ela acha meio chato, pois ele não relaxa, vive grilado.... Ela começou a malhar e ganhou um corpão. Disse que não aguentava mais ser tão magra. Tentou entrar em um reality show *BBBichos*... Mas só conseguiu entrar na *Fazenda*.

E o Tuim enfim conseguiu voar... E ele voou, voou, voou tão alto que encontrou Deus.

FELÍCIO: Deus, madrinha? Eu não conheço Deus.

ELISA: Eu também não... Mas Deus, assim como o amor, a gente não consegue ver, mas pode sentir...

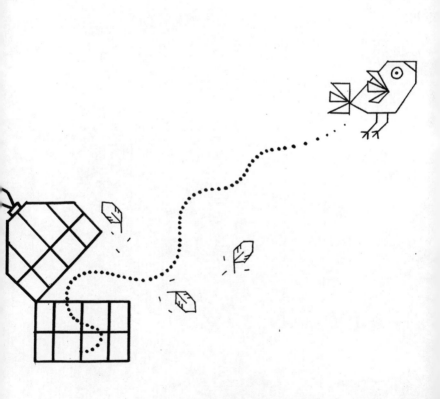

Depoimentos dos atores

"Participar da criação de um espetáculo infantil é como abrir uma fenda no tempo e no espaço para sorrir, como brincar em campos verdes de sutilezas e liberdades. Tuim é a voz-assobio de uma passarinha que teve sua essência, o voo, bloqueada por uma gaiola. Sem poder viver conforme sua natureza, ela encontra formas de se redescobrir no afeto dos que cruzam seu caminho. Que esse encontro se perpetue nesta obra tão linda que pensamos juntos."

Felipe Habib e Paula Raia (TUIM)

"A dança tem flertado comigo, assim como o universo infantil. Então recebi como um presente o convite pra participar do espetáculo com essa companhia de dança em que eu já estava de olho faz tempo! Foi muito divertido criar um personagem a partir da voz, tentando achar as nuances que desenham sua personalidade! Mas na próxima... Eu juro que danço com vocês!"

Reynaldo Gianecchini (LAURO)

"Vivo transformando vento em canção, transmitindo meus conhecimentos de manipulação do vento, minha matéria-prima dedicadamente manipulada por minhas entranhas cantantes. E aí estão os meus sopros, no ar, pra serem esculpidos por Alex e sua turma com seus corpos intérpretes. Fiquei felizão em soprar pra vocês. Eparrei!"

Pedro Lima (VENTO)

"Participar de um projeto tão delicado feito para as crianças foi demais! Espero que esta história divertida possa ser de ajuda no despertar de pequenas consciências para o futuro."

Mateus Solano (FELÍCIO)

"Acompanho o trabalho da Focus desde a sua mais tenra idade, desde o primeiro espetáculo, quando na sala da minha casa eu assistia às gravações dos ensaios, ainda que eles nem soubessem do meu olhar remoto. Então aquele que os iluminava, meu parceiro de toda uma vida, se transformou em luz, e eles não frequentam mais minha sala. Emprestar a minha voz para a primeira produção para crianças da companhia é poder dar continuidade a um elo através de um outro corpo, ou melhor, uma outra voz: a galinha maternal, acolhedora e carismática! A vida é uma troca de lugares, uma dança!"

Vilma Melo (CORDÉLIA)

"Fiquei feliz de emprestar a minha voz para uma personagem que me divertiu muito. Sou fã do trabalho do Alex, apaixonada por dança e pelos universos dos bichos e das crianças: que oportunidade para juntar tantas questões que eu amo... Pode contar comigo sempre – quer dizer, como bailarina não dá mais..."

Juliana Alves (SHIRLEY)

"Conheço Alex Neoral desde os anos 90, quando ainda era o bailarino talentoso da Companhia de Dança Deborah Colker. E agora tenho a honra de participar do seu novo projeto, uma história de encontros inusitados e desafiadores onde o amor é a resposta mais poderosa. A personagem que Alex escolheu pra mim caiu como uma luva, uma água-viva cheia de personalidade! Com certeza será mais um espetáculo de sucesso da Focus Cia de Dança, que admiro tanto!"

Fernanda Abreu (VITÓRIA)

"Diferente de um podcast, neste espetáculo as minhas frases seriam dançadas pelo bailarino José Villaça. Antes de gravar minha voz, nós conversamos sobre a raça, o tamanho e o temperamento do Alberto – eram tantas opções, com diversos ritmos possíveis. Nosso Alberto é um cachorro inquieto. Parti de um latido para encontrar a sua voz: lati e tentei entender como seria a voz dele se o latido virasse palavras. É uma honra compartilhar um personagem, a minha voz no corpo do José."

Jefferson Schroeder (ALBERTO)

"Honrar a inocência é como a promessa de um mundo mais justo e belo! Foi puro deleite dar minha voz à Suely, uma sábia coruja que, a exemplo dos oráculos na mitologia grega, orienta os viajantes em seu caminho. Em sua misteriosa e noturna aparição, Suely aconselha os bichinhos com seus pios que são pílulas de sabedoria, poesia e encantamento. Como sempre, a Focus Cia de Dança me deixa em estado de graça."

Tânia Alves (SUELY)

"Participar deste projeto dando voz a um cavalo, um bicho com que tenho uma ligação forte, com um texto tão lindo e, mais, em forma de dança... é uma dádiva. Sinto que contribuo para a alimentação artística das crianças e da minha própria filha. Quero assistir a esse espetáculo com ela ao meu lado!"

José Loreto (DALTON)

"Falar da Janair, pra mim, é falar das diferenças, da exclusão. Por que será que a gente odeia barata? A Janair é um grito de aceitação e liberdade. As crianças estão precisando de histórias como esta, ainda mais histórias com dança e música, englobando todas essas artes. Viva a Janair!"

Evelyn Castro (JANAIR)

"Para além da importância das peças infantis na formação de público, sempre me emocionou muito a conexão com as crianças através do teatro. Neste projeto lindo, ao lado de uma turma que é o bicho, dei voz ao Paixão, um peixe apaixonado da cabeça à cauda. O espetáculo é poesia pura para os pequenos e para os que um dia também já foram pequenos."

Gabriel Leone (PAIXÃO)

"O Alex me disse que sou a cara da minha personagem, e talvez eu seja mesmo: a Esperança representa um sentimento de fé, que levanta as pessoas. A coreografia feita em cima de nossas vozes é uma aventura."

Bianca Byington (ESPERANÇA)

A curiosidade como princípio do conhecimento

É com muita alegria que presenciamos o lançamento do livro *Bichos dançantes.*

Iniciamos nossa relação com Alex Neoral e a Focus Cia de Dança em 2013, através de seleção pública de projetos culturais. Desde então, é com muita satisfação que acompanhamos o imenso desenvolvimento da companhia.

A companhia se tornou uma grande parceira da Petrobras em diversos projetos, levando seus espetáculos para vários locais do país, de norte a sul. Inovação, competência e aprimoramento contínuo são valores que vemos na Focus a cada novo espetáculo e que fazem dela uma grande companhia da dança brasileira.

Retomamos nossa parceria, agora para a criação do espetáculo *Bichos dançantes*, vencedor da primeira chamada de projetos Petrobras Cultural para Crianças, em 2020. Com essa seleção, a Petrobras incentiva a inserção cultural na primeira infância e contribui para ampliar o universo de vivência e aprendizado dos pequenos através de iniciativas culturais que despertam a curiosidade como princípio do conhecimento.

O espetáculo *Bichos dançantes* é fruto desse pensamento e desse objetivo comum, resultado de um trabalho de pesquisa e dedicação. Voltado para as crianças, é o primeiro trabalho da Focus para um público tão especial, oferecendo aos pequenos a rica oportunidade de se maravilhar no contato com a arte e a cultura e aprender de forma lúdica através da dança.

Temos orgulho em participar dessa história e desejamos sempre muito sucesso a cada novo passo.

Petrobras

Aponte a câmera do celular para este código e ouça as canções de *Bichos dançantes*, compostas pelo Tuim.

© Editora de Livros Cobogó, 2021

Editora-chefe
Isabel Diegues

Editora
Mariana Delfini

Gerente de produção
Melina Bial

Revisão final
Débora Donadel

Projeto gráfico de miolo e diagramação
Mari Taboada

Capa
Barbara Lana

Ilustrações miolo e capa
Eleonore Guisnet

Canções
Tuim

CIP-BRASIL. CATALOGAÇÃO-NA-FONTE
SINDICATO NACIONAL DOS EDITORES DE LIVROS, RJ

N36b | Neoral, Alex
Bichos dançantes / Alex Neoral ; ilustração Eleonore Guisnet.- 1.
ed.- Rio de Janeiro : Cobogó, 2021.

il. (Dramaturgia para criança)

ISBN 978-65-5691-037-6

1. Teatro brasileiro. I. Guisnet, Eleonore. II. Título. III. Série.

21-72485

CDD: 869.2
CDU: 82-2(81)

Leandra Felix da Cruz Candido- Bibliotecária- CRB-7/6135

Nesta edição, foi respeitado o Acordo Ortográfico da Língua Portuguesa
de 1990, que entrou em vigor no Brasil em 2009.

Todos os direitos em língua portuguesa reservados à
Editora de Livros Cobogó Ltda.
Rua Gen. Dionísio, 53, Humaitá,
Rio de Janeiro, RJ, Brasil — 22271-050
www.cobogo.com.br

Outros títulos desta coleção:

ALGUÉM ACABA DE MORRER LÁ FORA, de Jô Bilac

NINGUÉM FALOU QUE SERIA FÁCIL, de Felipe Rocha

TRABALHOS DE AMORES QUASE PERDIDOS, de Pedro Brício

NEM UM DIA SE PASSA SEM NOTÍCIAS SUAS,
de Daniela Pereira de Carvalho

OS ESTONIANOS, de Julia Spadaccini

PONTO DE FUGA, de Rodrigo Nogueira

POR ELISE, de Grace Passô

MARCHA PARA ZENTURO, de Grace Passô

AMORES SURDOS, de Grace Passô

CONGRESSO INTERNACIONAL DO MEDO, de Grace Passô

IN ON IT | A PRIMEIRA VISTA, de Daniel MacIvor

INCÊNDIOS, de Wajdi Mouawad

CINE MONSTRO, de Daniel MacIvor

CONSELHO DE CLASSE, de Jô Bilac

CARA DE CAVALO, de Pedro Kosovski

GARRAS CURVAS E UM CANTO SEDUTOR, de Daniele Avila Small

OS MAMUTES, de Jô Bilac

INFÂNCIA, TIROS E PLUMAS, de Jô Bilac

NEM MESMO TODO O OCEANO, adaptação de Inez Viana do
romance de Alcione Araújo

NÔMADES, de Marcio Abreu e Patrick Pessoa

CARANGUEJO OVERDRIVE, de Pedro Kosovski

BR-TRANS, de Silvero Pereira

KRUM, de Hanoch Levin

MARÉ/PROJETO bRASIL, de Marcio Abreu

AS PALAVRAS E AS COISAS, de Pedro Brício

MATA TEU PAI, de Grace Passô

ÃRRÃ, de Vinicius Calderoni

JANIS, de Diogo Liberano

NÃO NEM NADA, de Vinicius Calderoni

CHORUME, de Vinicius Calderoni

GUANABARA CANIBAL, de Pedro Kosovski

TOM NA FAZENDA, de Michel Marc Bouchard

OS ARQUEÓLOGOS, de Vinicius Calderoni

ESCUTA!, de Francisco Ohana

ROSE, de Cecilia Ripoll

O ENIGMA DO BOM DIA, de Olga Almeida

A ÚLTIMA PEÇA, de Inez Viana

BURAQUINHOS OU O VENTO É INIMIGO DO PICUMÃ, de Jhonny Salaberg

PASSARINHO, de Ana Kutner

INSETOS, de Jô Bilac

A TROPA, de Gustavo Pinheiro

A GARAGEM, de Felipe Haiut

SILÊNCIO.DOC, de Marcelo Varzea

PRETO, de Grace Passô, Marcio Abreu e Nadja Naira

MARTA, ROSA E JOÃO, de Malu Galli

MATO CHEIO, de Carcaça de Poéticas Negras

YELLOW BASTARD, de Diogo Liberano

SINFONIA SONHO, de Diogo Liberano

SÓ PERCEBO QUE ESTOU CORRENDO QUANDO VEJO QUE ESTOU CAINDO, de Lane Lopes

SAIA, de Marcéli Torquato

DESCULPE O TRANSTORNO, de Jonatan Magella

TUKANKÁTON + O TERCEIRO SINAL, de Otávio Frias Filho

SUELEN NARA IAN, de Luisa Arraes

SÍSIFO, de Gregorio Duvivier e Vinicius Calderoni

HOJE NÃO SAIO DAQUI, de Cia Marginal e Jô Bilac

PARTO PAVILHÃO, de Jhonny Salaberg

A MULHER ARRASTADA, de Diones Camargo

CÉREBRO-CORAÇÃO, de Mariana Lima

O DEBATE, de Guel Arraes e Jorge Furtado

É A VIDA, de Mohamed El Khatib | Tradução Gabriel F.

FIZ BEM?, de Pauline Sales | Tradução Pedro Kosovski

ONDE E QUANDO NÓS MORREMOS, de Riad Gahmi |
Tradução Grupo Carmin

PULVERIZADOS, de Alexandra Badea | Tradução Marcio Abreu

EU CARREGUEI MEU PAI SOBRE MEUS OMBROS, de Fabrice Melquiot |
Tradução Alexandre Dal Farra

HOMENS QUE CAEM, de Marion Aubert | Tradução Renato Forin Jr.

PUNHOS, de Pauline Peyrade | Tradução Grace Passô

QUEIMADURAS, de Hubert Colas | Tradução Jezebel De Carli

COLEÇÃO DRAMATURGIA FRANCESA

A PAZ PERPÉTUA, de Juan Mayorga |
Tradução Aderbal Freire-Filho

ATRA BÍLIS, de Laila Ripoll | Tradução Hugo Rodas

CACHORRO MORTO NA LAVANDERIA: OS FORTES,
de Angélica Liddell | Tradução Beatriz Sayad

CLIFF (PRECIPÍCIO), de José Alberto Conejero | Tradução Fernando Yamamoto

DENTRO DA TERRA, de Paco Bezerra | Tradução Roberto Alvim

MÜNCHAUSEN, de Lucía Vilanova | Tradução Pedro Brício

NN12, de Gracia Morales | Tradução Gilberto Gawronski

O PRINCÍPIO DE ARQUIMEDES, de Josep Maria Miró i Coromina
Tradução Luís Artur Nunes

OS CORPOS PERDIDOS, de José Manuel Mora | Tradução Cibele Forjaz

APRÈS MOI, LE DÉLUGE (DEPOIS DE MIM, O DILÚVIO),
de Lluïsa Cunillé | Tradução Marcio Meirelles

COLEÇÃO DRAMATURGIA ESPANHOLA

2021

1ª impressão

Este livro foi composto em Univers.
Impresso pela Imos Gráfica
sobre papel Papel Polén Bold 70g/m².